山花枝接海花开

俳人笔下的节气与花

［日］松尾芭蕉
［日］与谢芜村
［日］正冈子规 等
——著

王众一
王岩
——编译

NEWSTAR PRESS
新星出版社

图书在版编目（CIP）数据

山花枝接海花开：俳人笔下的节气与花：汉、日 /（日）松尾芭蕉等著；王众一，王岩编译. —— 北京：新星出版社，2025.2. —— ISBN 978-7-5133-5543-8

Ⅰ. I313.2

中国国家版本馆 CIP 数据核字第 2024C2W743 号

山花枝接海花开：俳人笔下的节气与花（汉、日）

[日] 松尾芭蕉　[日] 与谢芜村　[日] 正冈子规　等著；
王众一　王岩 编译

责任编辑　李界芳
责任校对　刘　义
责任印制　李珊珊
封面设计　冷暖儿

出 版 人	马汝军
出版发行	新星出版社
	（北京市西城区车公庄大街丙 3 号楼 8001　100044）
网　　址	www.newstarpress.com
法律顾问	北京市岳成律师事务所
印　　刷	北京美图印务有限公司
开　　本	787mm×1092mm　1/32
印　　张	8.75
字　　数	43 千字
版　　次	2025 年 2 月第 1 版　2025 年 2 月第 1 次印刷
书　　号	ISBN 978-7-5133-5543-8
定　　价	52.00 元

版权专有，侵权必究。如有印装错误，请与出版社联系。
总机：010-88310888　　传真：010-65270449　　销售中心：010-88310811

译者序

日本俳句以其精炼含蓄的文学体裁，留有余白的语言风格，捕捉瞬间感受的诗化意象，简洁而富有禅意的想象空间，在日本以外的国家拥有越来越多的拥趸。近年来国内也出了不少俳句译作集，不过正因为俳句简洁和省略的特性，使得译者对原作的见仁见智有了更多空间。

这本小书和迄今为止的俳句集的不同之处在于，它将我们两位译者同时以各自的形式和风格完成的译作与原作一道呈现，两种译作互为经纬地对原作进行解读，诚实地体现"诗无达诂"的真理，供列位读者开放式品读。

另外，以中国节气文化为同心圆的圆心，以中日两国和而不同，风月同天的诗句意境为最大公约数遴选俳句成书，旨在体现"各美其美，美人之美，美美与共，天下大同"的文明互鉴境界，是这本小书相较以往俳句集的最大亮点。

因此要说到这本小书的成书契机。二〇一六年十一月，中国的二十四节气申遗成功。这让我脑海中闪过一念：二十四节气文化及相关习俗源自古代中国，辐射东邻日本、韩国，可以说已经成为东亚各国共同的文化遗产。中日两国很多诗人、俳人在四季轮回中感受到无限诗情，留下了很多佳作，何不以此为切入口策划一个视角独特的栏目，助力中国文化走出去呢？

我联系到旅居在名古屋的同门学兄王岩，和他探讨联手推出这个栏目的设想。王岩学兄是日本俳人协会终身会员，有着深厚的学识和广泛的人脉。我们二人一拍即合，往来讨论一番后立刻商定了栏目名称及关键要素，并明确了二人分工。

栏目名称就是现在这本小书的副题"俳人笔下的节气与花"。日本四季分明，岛国人对节气变化觉察细微，而每个节气到来时俳人的细腻感受往往又与身边所见花草密不可分。在俳句中，二十四个节气与四季的花草都作为"季语"成为支撑作品的题眼。因此俳人、节气、花这三个关键词就成了托起栏目的稳定三角。

操作环节的具体分工是，我负责构思栏目的整体架构，确定发布平台；王岩学兄负责遴选原句，联系作者等。选定的日本俳人的作品，我以汉俳风格翻译，王岩学兄以七言两句汉诗形式翻译。

七言两句汉诗式翻译王岩学兄最为得心应手，他的《汉译与谢芜村俳句集》就是以优美的汉诗风格一气呵成翻译下来的。我之所以用汉俳风格翻译，是为了向二十世纪八十年代在推动中日人文交流的过程中创造了汉俳的赵朴初先生致敬。

赵朴初先生在小令基础上原创的诗词新形态"汉俳"，本身就体现了对俳句"五七五"音节特点的借鉴融合，又将中华诗词发展出一个新品类，可谓是珠联璧合的创举。

二〇一七年起，《俳人笔下的节气与花》栏目在日文杂志《人民中国》的微信公众号上推出，受到海内外爱好者的广泛关注，留言里还有大量原创俳句、汉俳、汉诗等作品跟帖，令人喜悦。这些投稿作品会在下一个节气时被收录进栏目一并予以推出，成了一呼百应，蔚为壮观的开放栏目，一直持续到今天，经久不息。

栏目的成功，在于俳句、汉俳、汉诗三种形态同时呈现在一起表达同样的诗境，它们与大量投稿一道，体现了栏目"美美与共"的初衷。在微信公众号上的连载形成品牌之后,《人民中国》杂志也开设了同一栏目,引发日本读者和媒体的关注。八年来一直有读者期盼这一栏目的精品能够结集成书。

新星出版社慧眼识珠,将栏目中日本俳句名家作品,以及我与王岩学兄的两种风格的译作加以编辑乃成此书。书名选用赵朴初先生首创汉俳中的一句"山花枝接海花开",恰如其分地体现了这本小书的出版初衷。

还要特别感谢新星出版社编辑李界芳为此书上梓付出的心血。这本小书经过精心的编辑与设计,风格愈发清新、文艺。一书在手,不论是在国内旅行,还是周游东瀛,与不同的节气里所见景观与风物相呼应,这些精致的诗句都能令你感受到"岁时记"般的温馨诗意。希望列位读者能够喜欢。

出版之际,谨以我和王岩学兄名义写下以上文字,是为序。

王众一 识于北京西郊山水窟

2024 年 12 月 16 日

目录

◇ 谷雨	◆ 清明	◇ 春分	◆ 惊蛰	◇ 雨水	◆ 立春
065	055	041	025	013	001

◇ 大暑	◆ 小暑	◇ 夏至	◆ 芒种	◇ 小满	◆ 立夏
131	119	105	095	085	075

◇ 霜降	◆ 寒露	◇ 秋分	◆ 白露	◇ 处暑	◆ 立秋
197	187	175	163	153	143

◇ 大寒	◆ 小寒	◇ 冬至	◆ 大雪	◇ 小雪	◆ 立冬
261	251	239	229	219	207

立春

雨の中に立春大吉の光あり （高浜虚子）
ame no naka ni/risshundaikichi no/hikari ari

纵有寒雨降,"立春大吉"贴门上,悦然心头亮。（王众一 译）
"立春大吉"祥光耀,尽在朦胧烟雨中。 （王岩 译）

山花枝接海花开：俳人笔下的节气与花

梅が香にのっと日の出る山路かな （松尾芭蕉）
umega ka ni/notto hi no deru/yamaji kana

梅绽溢暗香，旭日忽如出东方，山路披霞光。（王众一译）
昧旦人行山路上，梅香突见日东升。（王岩译）

立春

立春の日の輪月の輪雲の中（中川宋淵）
risshun no/hi no wa tsuki no wa/kumo no naka

立春望苍天。日如盘兮月如盘，云中藏真颜。（王众一译）
日晕月华云里出，立春光景尽朦胧。（王岩译）

山花枝接海花开:俳人笔下的节气与花

うすずみを含みしごとく夜の梅 （桥本鸡二）
usuzumi wo/hukumishi gotoku/yoru no ume

宛如含淡墨,春梅新蕾初绽萼,暗香沁夜色。（王众一译）
茫茫夜色梅花在,朵朵如含淡墨开。（王岩译）

立春

雪降るか立春の暁昏うして （石田波乡）
yuki furu ka/risshun no akatsuki/kuraushite

雪意压冬云，寒气浓浓迎立春，晨晓天色昏。（王众一译）
天色低沉生雪意，立春侵晓日昏黄。（王岩译）

山花枝接海花开：俳人笔下的节气与花

伊豆の海や紅梅の上波ながれ（水原秋櫻子）
izu no umi ya/kōbai no ue/nami nagare

伊豆信美哉，朵朵红梅倚海开，花头春波来。（王众一译）
伊豆沧溟抬望眼，红梅花上碧波来。（王岩译）

立春

人中に春立つ金髪乙女行き （野泽节子）
jinchū ni/haru tatsu kinpatsu/otome yuki

攘攘人群中，玉立亭亭送春风，金发女匆匆。（王众一译）
立春今日人群里，金发女郎背影轻。（王岩译）

山花枝接海花开：俳人笔下的节气与花

しら梅や垣の内外にこぼれちる （三浦樗良）
shiraume ya/kaki no uchito ni/koborechiru

满枝春梅白，落英纷扬墙内外，一片香雪海。（王众一译）
一树白梅开烂漫，篱墙内外落花香。（王岩译）

立春

立春の海玲瓏と明けそめし （道川虹洋）
risshun no/umi reirō to/akesomeshi

立春好景观，玲珑大海剔透蓝，曙色染东天。（王众一 译）
立春大海玲珑现，晓色微明欲曙天。（王岩 译）

山花枝接海花开：俳人笔下的节气与花

何といふ寺とは知らず梅の花（正冈子规）
nan to iu/tera towa shirazu/ume no hana

途经古寺庙，浑然不知其名号，但见春梅俏。（王众一 译）
不知寺院何名号，馥郁梅花朵朵开。（王岩 译）

立春

鑑真の海押しひらき白梅は （国武十六夜）
ganjin no/umi oshihiraki/shiraume wa

鉴真来自西，分海东渡胜摩西，白梅迎法师。（王众一 译）
鉴真和尚推开海，雪影清香出白梅。（王岩 译）

雨水

書道部が墨擦つてゐる雨水かな （大串章）
shodōbu ga/sumi sutteiru/usui kana

雨水日漫长，书道部里研墨香，众人习字忙。（王众一译）
书道部中研墨坐，节逢雨水写青春。（王岩译）

山花枝接海花开：
俳人笔下的节气与花

残雪は白点となり今日雨水（林翔）
zansetsu wa/hakuten to nari/kyō usui

残雪惹愁怀，次第消融点点白，今日雨水来。（王众一译）
残雪消融成白点，今朝雨水暖风还。（王岩译）

雨水

地をおほふ靄に雨水の日の夕べ（井泽正江）
chi wo o-ou/moya ni usui no/hi no yūbe

雨水薄雾帷。暮霭覆地如纱衣，晚照映夕晖。（王众一译）
弥蒙轻雾坤舆罩，雨水今朝日夕黄。（王岩译）

山花枝接海花开：俳人笔下的节气与花

落ちつみし椿がうへを春の雨 （松冈青萝）
ochitsumishi/tsubaki ga ue wo/haru no ame

淅沥春和煦，山茶凋零叠几许，落红沐新雨。（王众一 译）
无边春雨潇潇下，凋落山茶花上飘。（王岩 译）

雨水

切株のまだあたらしき雨水かな （能村登四郎）
kirikabu no/mada atarashiki/usui kana

谁言不留痕,林中伐桩茬犹新,雨水悄然临。（王众一 译）
树墩还是新茬迹,节气今朝雨水来。（王岩译）

山花枝接海花开：俳人笔下的节气与花

菜の花や月は東に日は西に （与谢芜村）
na no hana ya/tsuki wa higashi ni/hi wa nishi ni

油菜花正黄，皎月冉冉升东方，日犹挂西厢。（王众一 译）
菜花一片金黄色，月上东天日坠西。（王岩 译）

雨水

单身赴任雨水の暦めくりけり （广渡敬雄）
tanshinfunin/usui no koyomi/mekurikeri

天天翻日历，单身在外思家室，一晃已雨水。（王众一译）
单身赴任家山隔，雨水历书默默翻。（王岩译）

山花枝接海花开：俳人笔下的节气与花

ふるさとの訛にもどる花菜径 （栗山妙子）
furusato no/namari ni modoru/hananakei

又见菜花黄，踏径访花思故乡，乡音响耳旁。（王众一 译）
菜花小径金黄色，故里乡音寻又回。（王岩译）

雨水

雨水てふ佳き日ありけり母微笑 (上野幸子)
usui chū/yoki hi arikeri/haha bishō

佳日如约到,名曰雨水静悄悄,想念慈母笑。(王众一 译)
雨水之名佳日有,慈颜微笑忆心头。(王岩 译)

山花枝接海花开：俳人笔下的节气与花

沈丁の恣なる透かし垣（石冢友二）
jinchō no/hoshii mama naru/sukashikaki

瑞香向春放，花枝招展散幽芳，恣肆出篱墙。（王众一 译）
瑞香恣意横斜出，透过篱垣花盛开。（王岩译）

雨水

梳る髪の艶増す雨水かな （細川洋子）
kushikezuru/kami no tsuya masu/usui kana

漫梳悄无声，镜中秀发乌光生。雨水添柔情。（王众一译）
频梳头发增光泽，节至今朝雨水时。（王岩译）

山花枝接海花开:俳人笔下的节气与花

みごもりてさびしき妻やヒヤシンス （泷春一）
migomorite/sabishiki tsuma ya/hiyashinsu

身怀六甲妻，百无聊赖心寞寂，风信子香袭。（王众一译）
花影沉沉风信子，梦兰寂寂内人心。（王岩译）

惊蛰

啓蟄の土中の深さ思ひけり （能村登四郎）

keichitsu no/dochū no fukasa/omoikeri

惊蛰起遐想：春泥深处生机旺，虫儿松土忙。（王众一 译）

启蛰土中深几许，人来野外正凝思。（王岩 译）

俳人笔下的节气与花：山花枝接海花开

啓蟄の鶏が膨れて鬨つくる （皆川盤水)
keichitsu no/tori ga fukurete/toki tsukuru

惊蛰万物甦。赳赳雄鸡奋颈羽，怒啼叫阵图。（王众一译）

惊蛰雄鸡张羽翼，声声啼叫气轩昂。（王岩译）

惊蛰

山路来て何やらゆかしすみれ草（松尾芭蕉）
yamaji kite/nani yara yukashi/sumirekusa

漫漫山路长。无由心绪惹忧伤，紫花地丁香。（王众一 译）
山路旅人逢堇菜，蓦然遐想到心头。（王岩 译）

山花枝接海花开：俳人笔下的节气与花

啓蟄を銜へて雀飛びにけり （川端茅舎）
keichitsu wo/kuwaete suzume/tobinikeri

惊蛰百虫还。雀儿报春飞冲天，小虫口中衔。（王众一译）

一声平地春雷响，麻雀口衔惊蛰飞。（王岩译）

惊蛰

水あふれゐて啓蟄の最上川 （森澄雄）
mizu afure/ite keichitsu no/mogamigawa

惊蛰艳阳天。滚滚春水阔无边，漫溢最上川。（王众一 译）
春来漫溢无边水，惊蛰今朝最上川。（王岩 译）

山花枝接海花开：俳人笔下的节气与花

金盏花夕日に岬の漁夫消され（櫻井博道）
kinsenka/yūhi ni misakino/gyofu kesare

金盏怒放中。海角垂钓一渔翁，化入夕阳红。（王众一译）

夕阳金盏花相映，海角渔夫踪影消。（王岩译）

惊蛰

島の太陽海に反射す金盞花（松崎铁之介）
shima no taiyō/umi ni hanshasu/kinsenka

海岛艳阳暖，春海粼粼波光闪。春风绽金盏。（王众一 译）
岛中红镜炎炎出，反射沧溟金盏花。（王岩 译）

山花枝接海花开：俳人笔下的节气与花

啓蟄の土へ太鼓を滅多打ち （泽木欣一）
keichitsu no/tsuchi e taiko wo/metta uchi

用力击大鼓，鼓声惊破沉睡土，蛰藏百虫出。（王众一译）

大鼓当前挥棒起，乱朝惊蛰土中敲。（王岩译）

惊蛰

すみれ野に罪あるごとく来て二人（铃木真砂女）
sumireno ni/tsumi arugotoku/kite futari

二人结伴来，似有负罪蹑足跬，潜入紫花海。（王众一 译）
二人堇菜原中立，似有罪矣结伴来。（王岩 译）

山花枝接海花开：俳人笔下的节气与花

別荘に来て啓蟄の虫を友 （高滨虚子）
bessō ni/kite keichitsu no/mushi wo tomo

春来别墅走，时值节气惊蛰后，醒虫皆我友。（王众一 译）

我来别墅陶然乐，惊蛰昆虫做友朋。（王岩 译）

惊蛰

入社式菫のごとく娘たち （田川飞旅子）
nyūshashiki/sumire no gotoku/musumetachi

入职仪式燃,姑娘个个露笑颜,美如紫罗兰。（王众一译）
公司入职仪式上,菫花模样众姑娘。（王岩译）

山花枝接海花开:俳人笔下的节气与花

啓蟄の鳥語すずろに美しく （后藤夜半）
keichitsu no/chōgo suzuroni/utsukushiku

转瞬惊蛰到，枝头啾啾闻鸟叫，春来真美妙。（王众一 译）

启蛰今朝闻鸟语，不由惊叹美声矣。（王岩 译）

惊蛰

五年みぬ故郷のさまや桃の花（黑柳维驹）
gonen minu/kokyō no samaya/momo no hana

阔别整五年，游子又见桃花艳，遍开故乡山。（王众一译）
五年未见家山景，今日桃花映眼红。（王岩译）

山花枝接海花开：俳人笔下的节气与花

枝いっぱい賑やか好きな桃の花（高泽良一）
eda ippai/nigiyaka sukina/momo no hana

繁花惹人赞，遍开枝头一片片，桃红点点艳。（王众一 译）

枝头开满春光闹，欢喜桃花烂漫红。（王岩 译）

惊蛰

桃の花民天子の姓を知らず（夏目漱石）
momo no hana/tami tenshi no/sei wo shirazu

桃花笑嗤嗤，天子姓甚全不知，民乐无所思。（王众一译）
桃花烂漫春光好，天子姓名民不知。（王岩译）

> 春

春分の日なり雨なり草の上 （林翔）
shunbun no/hi nari ame nari/kusa no ue

淅淅春之曲，春分之日春之雨，草色嫩几许。（王众一 译）

春分此日甘霖落，草上无声润物轻。（王岩 译）

山花枝接海花开：俳人笔下的节气与花

さまざまの事思ひ出す桜かな （松尾芭蕉）
samazama no/koto omoidasu/sakura kana

感时忆盈怀：又见樱雪似春海，旧愁心上来。（王众一译）
岁岁年年樱绽放，万般往事忆中来。（王岩译）

春分

黒い牛歩く春分の日が真上（有马朗人）
kuroi ushi/ariku shunbun no/hi ga maue

春分日当头，暖意融融照田畴，悠然一黑牛。（王众一译）
款步黑牛原野上，春分红镜正当头。（王岩译）

山花接海花开:俳人笔下的节气与花

木々の芽に春分の日の雨軽し （池谷洋子）
kigi no me ni/shunbun no hi no/ame karushi

春分雨蒙蒙,温柔润物手脚轻,万木新绿萌。（王众一 译）

树树新芽萌绿意,春分细雨落声轻。（王岩译）

春分

桃の花を満面に見る女かな （松濑青青）
momo no hana wo/manmen ni miru/onna kana

好花须细看。春桃怒放何灿烂，映红佳人面。（王众一 译）
满面春风扬笑脸，女人驻步看桃花。（王岩 译）

山花枝接海花开:
俳人笔下的节气与花

春分の日の切り株が野に光る （安养白翠）
shunbun no/hi no kirikabu ga/no ni hikaru

今日是春分，何物原野耀如金，新伐老树墩。（王众一 译）
熠熠生辉原野上，春分伐木树墩新。（王岩 译）

春分

湯上りの我はももいろ桃咲く頃 （池田澄子）
yuagari no/ware wa momoiro/momo saku koro

桃花怒放时，冰肌绯云映花枝，姗姗出浴迟。（王众一译）
出浴奴家红粉色，桃花一朵盛开时。（王岩译）

山花枝接海花开：俳人笔下的节气与花

しばらくは渡舟客なし桃の花（村山古乡）
shibaraku ha/toshūkaku nashi/momo no hana

孤舟岸边漂，渡口无客静悄悄，春桃正夭夭。（王众一 译）

一晌渡舟无客影，桃花岸上笑春风。（王岩 译）

春分

ギターの音春分の日の寺にかな （藤井寿江子）
gitā no ne/shunbun no hi no/tera ni kana

佳日至春分。静谧寺中隐隐闻，逍遥吉他音。（王众一译）
春分此日禅林内，悦耳吉他音色传。（王岩译）

山花枝接海花开：俳人笔下的节气与花

喰うて寝て牛にならばや桃の花 （与谢芜村）
kuute nete/ushi ni naraba ya/momo no hana

做牛多吃香：嚼罢嫩草入梦乡，桃花正吐芳。（王众一 译）
但愿为牛餐罢睡，夭桃烂漫好春天。（王岩 译）

春分

殷ここに亡び菜の花明かりかな（有马朗人）
in koko ni/horobi na no hana/akari kana

故地吊殷商，煌煌王朝于此亡，空余菜花黄。（王众一译）
殷商此地沦亡处，今日菜花耀眼明。（王岩译）

山花枝接海花开：
俳人笔下的节气与花

日も真上春分の日をよろこべば（林翔）
hi mo maue/shunbun no hi wo/yorokobeba

太阳当头照，春分之日今来到，怎能不欢笑？（王众一 译）
红镜当头光普照，春分此日乐陶陶。（王岩 译）

春分

チューリップ散って一茎天を指す （貞弘卫）
chūrippu/chitte ikkei/ten wo sasu

郁金香色浓。花瓣虽然已飘零，茎犹指苍穹。（王众一 译）
一茎犹朝空碧指，花虽凋谢郁金香。（王岩 译）

清明

花杏汽車を山から吐き出せり （饴山实）
hana anzu/kisha wo yama kara/hakidaseri

芳杏妆春山，吐出火车一路欢，花海四月天。（王众一 译）
一望杏花开烂漫，山中吐出火车来。（王岩 译）

山花枝接海花开:俳人笔下的节气与花

清明や振子の長き古き時計 (鷹羽狩行)
seimei ya/furiko no nagaki/furuki tokei

清明心悲凉。老钟兀然挂厅堂,钟摆长又长。(王众一译)

惊觉清明今日到,长长摆子旧时钟。(王岩译)

清明

牡丹散て打かさなりぬ二三片 （与谢芜村）

botan chirite/uchikasanarinu/nisanpen

牡丹谢犹艳。翩然飘零势如仙，相叠三两瓣。（王众一译）

牡丹花谢缤纷散，叠作落英两三片。（王岩译）

山花枝接海花开：俳人笔下的节气与花

清明の雨に光れる瑠璃瓦 （古賀真理子）
seimei no/ame ni hikareru/rurikawara

清明雨纷纷，荡尽冬尘屋瓦新，琉璃耀如金。（王众一译）

琉璃瓦明清明雨，熠熠生辉色彩鲜。（王岩译）

清明

李白酔うて眠れる頃や花杏 (大石悦子)
rihaku youte/nemureru koro ya/hana anzu

太白料不知，酩酊酣眠梦深时，杏树花满枝。(王众一 译)
李白酩酊酣睡里，杏花缭乱梦中开。(王岩 译)

山花枝接海花开：俳人笔下的节气与花

清明の野に影曳きて母娘の旅 (中村明子)
seimei no/no ni kage hikite/oyako no tabi

春日照清明，一路身影伴旅程，母女垄上行。(王众一 译)

曳影清明原野上，花陪母女旅途香。(王岩 译)

清明

峡の村ふところ深く花杏 (瀬在苹果)
kai no mura/futokoro fukaku/hana anzu

大壑隐古村,山腹深处起绯云,春花染杏林。(王众一 译)
峡谷村庄怀抱里,杏花深处起红云。(王岩 译)

山花枝接海花开：俳人笔下的节气与花

民宿は鯉の料理や杏花村 （山口青邨）
minshuku wa/koi no ryōri ya/kyōkason

民宿忘古今。农家烧鲤香诱人，醉卧杏花村。（王众一译）
杏花村里夸民宿，烹饪鲤鱼属一流。（王岩译）

清明

上海を出て清明の野に游ぶ （三宅清三郎）
shanhai wo/dete seimei no/no ni asobu

天好逢清明，携友出了上海城，郊外去踏青。（王众一 译）
上海魔都挥别去，清明野上戏春风。（王岩 译）

山花枝接海花开:俳人笔下的节气与花

山吹の下に小さき流かな（罗苏山人）
yamabuki no/shita ni chīsaki/nagare kana

山吹花正黄，花下小溪真欢畅，一路奔远方。（王众一译）
一片棣棠花下出，细流汩汩绕芳丛。（王岩译）

谷雨

雲すぐに明るくなりし穀雨かな （岬雪夫）
kumo sugu ni/akaruku narishi/kokuu kana

云诡善易形，变幻不定忽转明，谷雨好心情。（王众一 译）
天上浮云旋散去，灿然谷雨好时节。（王岩 译）

山花枝接海花开：俳人笔下的节气与花

草臥れて宿かるころや藤の花（松尾芭蕉）
kutabirete/yadokaru koro ya/fuji no hana

累得已不行，投宿时分得放松，藤花浴晚风。（王众一译）
苍茫暮色藤花暗，劳顿旅途投宿时。（王岩译）

谷雨

掘り返す塊光る穀雨かな （西山泊云）
horikaesu/katamari hikaru/kokuu kana

谷雨耕田忙。深翻厚土看底墒，肥壤泛油光。（王众一译）
挖开土块皆油亮，谷雨今朝耕作忙。（王岩译）

山花枝接海花开：俳人笔下的节气与花

子と遊ぶうらら木蓮数へては（种田山头火）
ko to asobu/urara mokuren/kazoetewa

得闲携儿玩，一朵两朵数玉兰。春暖天正蓝。（王众一 译）
嬉戏携儿春烂漫，童心遍数玉兰花。（王岩 译）

谷雨

苗床にうす日さしつつ穀雨かな（西山泊云）
naetoko ni/usuhi sashitsutsu/kokuu kana

新苗一行行，春晖微照暖洋洋，谷雨育秧忙。（王众一 译）
苗床斜映微阳下，谷雨今朝时节来。（王岩 译）

山花枝接海花开:俳人笔下的节气与花

梨咲いて桃里武陵の名を負へる （小林碧郎）
nashi saite/tōri buryō no/na wo oeru

梨花正飘香,果然武陵桃源乡,盛名不寻常。（王众一译）
一片梨花开正好,桃乡久负武陵名。（王岩译）

谷雨

本読むは微酔のごとく穀雨かな （鸟居治)
hon yomu wa/bisui no gotoku/kokuu kana

读书入佳篇,如饮甘醇人微酣。已是谷雨天。（王众一 译）
读书似觉人微醉,谷雨清风到眼前。（王岩 译）

山花枝接海花开：俳人笔下的节气与花

牛の仔はおとなしきもの梨の花（远藤梧逸）
ushi no ko wa/otonashiki mono/nashi no hana

小牛何憨哉！老实听话真叫乖。树树梨花开。（王众一 译）

一头牛犊温和态，淡白梨花遍野开。（王岩 译）

谷雨

にはとりの一声高き穀雨かな （宮内敏子）
niwatori no/hitogoto takaki/kokuu kana

雄鸡真漂亮，引颈向天一声唱，唤得谷雨降。（王众一译）

嘹亮司晨啼叫里，今朝谷雨到人间。（王岩译）

山花枝接海花开：俳人笔下的节气与花

海へ雲高く出てゆく藤の花 （松林朝蒼）
umi e kumo/takaku dete yuku/fuji no hana

紫藤花枝艳。远处海平如镜面，摩天云涌现。（王众一 译）

云向沧溟高处涌，紫藤花海与天齐。（王岩译）

> 立夏

花活けて立夏の卓を飾りけり （稲畑汀子）
hana ikete/rikka no taku wo/kazarikeri

采来时令花,装点桌面迎立夏,玲珑瓶中插。（王众一 译）
瓶中插满鲜花美,立夏案几装饰成。（王岩 译）

山花枝接海花开:俳人笔下的节气与花

よりそひて静かなるかなかきつばた （高滨虚子）
yorisoite/shizuka naru kana/kakitsubata

相依共绽发,宁静不喧入初夏,美哉燕子花。（王众一 译）
薰风徐至花摇曳,杜若偎依幽静中。（王岩 译）

立
夏

野に開く扉と思ふ立夏かな（石田乡子）

no ni hiraku/tobira to omou/rikka kana

立夏思满怀,面向原野门扉开,微风送暑来。（王众一译）

似觉门开朝旷野,今朝立夏暑犹微。（王岩译）

山花枝接海花开:俳人笔下的节气与花

束でもち鈴蘭の花こぼしゆく （松崎铁之介）
taba de mochi/suzuran no hana/koboshiyuku

铃兰一束花，路边采来手中拿，风吹散英华。（王众一 译）
捆束铃兰拿手上，缤纷一路落花香。（王岩 译）

立夏

ふるさとの山を盾とす立夏かな （原裕)
furusato no/yama wo tate to su/rikka kana

悠哉我故乡，背靠青山享清凉，立夏又何妨。（王众一 译）
故里青山当后盾，今朝立夏绿荫浓。（王岩译）

山花枝接海花开：俳人笔下的节气与花

ふるさとへ戻れば無官柿の花 （高桥沐石）
furusato e/modoreba mukan/kaki no hana

辞官自飘然，风尘仆仆返故园，柿花正姣妍。（王众一 译）
故土柿花开正好，归来无冕一身轻。（王岩 译）

立夏

陶窯の火の色奢る立夏かな （木下夕尔）
tōyō no/hi no iro ogoru/rikka kana

立夏烧土陶。膛火通红坯入灶，翻飞烈焰高。（王众一译）
陶窑炭火奢华色，立夏熏蒸烈日红。（王岩译）

山花枝接海花开：俳人笔下的节气与花

芍薬やつくゑの上の紅楼夢（永井荷风）
shakuyaku ya/tsukue no ue no/kōrōmu

芍药醉薰风，案上一部《红楼梦》，人犹在境中。（王众一译）
书斋桌上《红楼梦》，馥郁风中芍药花。（王岩译）

立夏

水牛の背の少年に立夏かな （有马朗人）
suigyū no/se no shōnen ni/rikka kana

谁家少年娃，悠然自得迎立夏，水牛背上趴。（王众一 译）
立夏今朝何处至，水牛背上少年郎。（王岩译）

山花枝接海花开：俳人笔下的节气与花

稚児達の立並びけり杜若 （野村泊月）

chigotachi no/tachinarabikeri/kakitsubata

燕子花正开，花边小儿排成排，游戏兴致来。（王众一译）

稚儿一众排成队，燕子花开朱夏时。（王岩译）

小満

小満の風を青しと遊びけり （草间时彦）
shōman no/kaze wo aoshi to/asobikeri

小满起微风,拂遍四野郁郁青,欢嬉一身轻。（王众一 译）
小满薰风吹绿野,轻柔嬉戏过无声。（王岩 译）

山花枝接海花开：俳人笔下的节气与花

愁ひつつ岡に登ればはないばら （与谢芜村）
ureitsutsu/oka ni noboreba/hanaibara

夏来惹愁怀，孑然攀援登丘台，放眼蔷薇开。（王众一 译）
怀愁幽独登丘岗，极目蔷薇花盛开。（王岩 译）

小
満

小満やあやめにまじる薄荷草 （那須弥生）
shōman ya/ayame ni majiru/hakkasō

小满日高照,溪荪遍野风中摇,间杂薄荷草。（王众一 译）
薄荷草杂溪荪里,节气今朝小满还。（王岩 译）

山花枝接海花开：俳人笔下的节气与花

その蕊に黄河のひびき牡丹かな （加藤耕子）
sono shibe ni/kōga no hibiki/botan kana

畅想白牡丹，仿佛小小花蕊间，黄河正轰然。（王众一 译）
似闻花芯黄河吼，白牡丹花怒放时。（王岩 译）

小满

蟻王宮朱門を開く牡丹哉 (与谢芜村)
giōkyū/shumon wo hiraku/botan kana

初绽牡丹红,仿佛威严蚁王宫,朱门开启中。(王众一 译)
蚁王宫殿朱门启,怒放牡丹花正红。(王岩 译)

山花枝接海花开：俳人笔下的节气与花

小満や川うごかして手を洗ふ（鸟居治）
shōman ya/kawa ugokashite/te wo arau

小满顶骄阳。搅动一河碧波漾，濯手何清爽。（王众一译）
洗手清流川水动，今朝小满遍葱茏。（王岩译）

小满

天上も淋からんに燕子花 （铃木六林男）
tenjō mo/sabishikaran ni/kakitsubata

天上多冷清，何似人间竞丛生，燕子花色浓。（王众一 译）
想应天上亦寥落，燕子花开凡世间。（王岩 译）

山花枝接海花开：俳人笔下的节气与花

小満や漓江は胸を広げをり （中山皓雪）
shōman ya/rikō wa mune wo/hiroge wori

漓江迎骚客。小满江天共一色，放眼胸臆阔。（王众一译）

小满今朝迎远客，漓江碧水展胸襟。（王岩译）

小满

小満や子の五六人跳ねてをり （中村善枝）
shōman ya/ko no gorokunin/hanete wori

不觉小满到,五六小儿蹦蹦跳,玩得真热闹。（王众一 译）
今朝小满阳光耀,五六儿童雀跃中。（王岩 译）

山花枝接海花开：俳人笔下的节气与花

花売女カーネーションを抱き歌ふ（山口青邨）
hanauriko/kānēshon wo/daki utau

卖花俏女临，怀抱盛开康乃馨，歌声更诱人。（王众一译）
轻展歌喉声妙曼，卖花女抱康乃馨。（王岩译）

芒种

足音のやうに波くる芒種かな （对中和泉）
ashioto no/yō ni nami kuru/bōshu kana

滚滚波涛涌，隆隆宛若脚步声，遑遑入芒种。（王众一 译）
须臾节气今芒种，波浪涌来声似跫。（王岩 译）

山花枝接海花开：俳人笔下的节气与花

紫陽花や藪を小庭の別座敷 (松尾芭蕉)
ajisai ya/yabu wo koniwa no/betsu zashiki

小院有洞天：紫阳花开茂丛间，幽然一草庵。(王众一译)
朵朵紫阳花绽放，独房小院草丛深。(王岩译)

芒种

伊賀山や芒種の雲の不啻 (冈本圭岳)
igayama ya/bōshu no kumo/tadanarazu

美哉伊贺山,芒种之日云满天,变幻非等闲。(王众一译)
仰看伊贺山头上,芒种积云非一般。(王岩译)

山花枝接海花开：俳人笔下的节气与花

百合白く雨の裏山暮れにけり （泉镜花）
yuri shiroku/ame no urayama/kurenikeri

可怜百合白，暮色之中径自开，默迎山雨来。（王众一 译）
摇风百合花姿白，雨脚山阴暮色深。（王岩 译）

芒种

芒種はや人の肌さす山の草 (鷹羽狩行)
bōshu haya/hito no hada sasu/yama no kusa

芒种麦芒长。山中行路绊草芒,刺人肌肤伤。(王众一译)
刺人肌肤山中草,惊觉今朝芒种时。(王岩译)

山花枝接海花开：俳人笔下的节气与花

朴の花猶青雲の志 (川端茅舍)
hoo no hana/nao seiun no/kokorozashi

朴树花正开。青云之志犹未改，洁如朴花白。(王众一 译)
老夫犹抱青云志，朴树白花空碧开。(王岩译)

芒种

暁の西より晴るる芒種かな（后藤昭女）
akatsuki no/nishi yori haruru/bōshu kana

拂晓晨云开，晴空自西扩展来，今日芒种哉。（王众一译）
芒种今朝天际望，晴光侵晓自西来。（王岩译）

何思ふ子の横顔や百合ひらく （和田祥子）

nani omou/ko no yokogao ya/yuri hiraku

小儿侧颜乖，若有所思自托腮。幽幽百合开。（王众一译）

何所思矣儿侧脸，亭亭百合盛开姿。（王岩译）

芒种

嫁ぐ子の白きうなじや百合の花 (川口洋子)
totsugu ko no/shiroki unaji ya/yuri no hana

有女出闺阁,娇颈洁净如素帛,又似白百合。(王众一 译)

出嫁女儿纤颈白,一枝百合盛开时。(王岩 译)

山花枝接海花开：俳人笔下的节气与花

くちなしの花や小雨の鑑真廟 (阿波谷和子)
kuchinashi no/hana ya kosame no/ganjinbyō

细雨静悄悄,栀子花下鉴真庙,花朵雨中摇。(王众一 译)
蒙蒙小雨鉴真庙,栀子花香四溢飘。(王岩 译)

夏至

夏至も青き夕となりて野に出づる （泷春一）
geshi mo aoki/yū to narite/no ni izuru

夏至好心情，夕空如洗万里青，独自乡野行。（王众一 译）
夏至亦成蓝色夕，人来野上自逍遥。（王岩译）

山花枝接海花开：俳人笔下的节气与花

夏至の空明るし月の昇りゐて （若月瑞峰）
geshi no sora /akarushi tsuki no/noboriite

夏至天正明。皎月不待夜色浓，冉冉自东升。（王众一 译）
夏至天空明亮处，玉轮清影上苍穹。（王岩 译）

夏至

御地蔵や花なでしこの真ん中に （小林一茶）
gojizō ya/hananadeshiko no/mannaka ni

一片抚子花，花丛中间即我家，地藏笑哈哈。（王众一译）
地藏一尊扬笑脸，置身瞿麦正中间。（王岩译）

山花枝接海花开：俳人笔下的节气与花

金借りに鉄扉重し夏至の雨 （角川源义）
kane kari ni/teppi omotashi/geshi no ame

可怜借钱人，夏至遇雨如倾盆，独叩厚铁门。（王众一 译）
借钱迎面铁门重，夏至茫然风雨狂。（王岩 译）

夏至

山の雨濡らせしなれば菖蒲濃く （山口青邨）
yama no ame/nuraseshi nareba/ayame koku

山间雨空蒙，滋润溪荪细无声，花好色更浓。（王众一 译）
山中小雨无声润，燕子花开颜色浓。（王岩译）

山花枝接海花开:
俳人笔下的节气与花

夏至愉し牛と羊は野に遊ぶ （阿波野青畝）
geshi tanoshi/ushi to hitsuji wa/no ni asobu

夏至心欢喜，放眼无尽原野里，牛羊正嬉戏。（王众一译）
夏至今朝愉悦事，牛羊野上自逍遥。（王岩译）

夏至

くれなゐの蓮鑑真のために咲く （津田清子）
kurenai no/hasu ganjin no/tame ni saku

红莲花盛开，幽香自为鉴真来，盲僧坐莲台。（王众一 译）
殷红一朵莲花在，专为鉴真和尚开。（王岩译）

山花枝接海花开:俳人笔下的节气与花

あかつきの秘色凝らせり池の蓮 (加藤耕子)
akatsuki no/hishoku koraseri/ike no hasu

初曙染荷塘,塘中有莲初绽放,花色映微光。(王众一 译)

侵晨秘色呈凝重,池上莲花一朵红。(王岩译)

夏至

丘に立ち夏至の地球を抱き込む （小泽克己）
oka ni tachi/geshi no chikyū wo/idakikomu

悄然夏至来，丘巅站立胸襟开，地球揽入怀。（王众一 译）
昂然挺立山丘上，夏至地球搂入怀。（王岩 译）

山花枝接海花开：俳人笔下的节气与花

異国にて夏至の銀河を仰ぎけり （川島澄子）
ikoku nite/geshi no ginga wo/aogikeri

骚客居异邦，夜下苍穹抬眼望，银河夏至长。（王众一 译）

客居异国浮萍日，夏至银河频仰看。（王岩 译）

夏至

梔子の花に光陰矢の如し （山下由理子）
kuchinashi no/hana ni kōin/ya no gotoshi

栀子花香袭。百代过客驹过隙，光阴似飞镝。（王众一 译）
栀子花开香馥郁，光阴似箭去无踪。（王岩 译）

山花枝接海花开：俳人笔下的节气与花

片雲をみせて暮れけり夏至の原 （野竹雨城）
katakumo wo/misete kurekeri/geshi no hara

夏至视野阔，原上片云匆如客，俄尔入暮色。（王众一译）

遥见片云天色晚，苍茫夏至大平原。（王岩译）

夏至

日盛を来て会ふモネの睡蓮に （后藤比奈夫）
hizakari wo/kite au mone no/suiren ni

独冒赤日炎，来会莫奈笔下莲，果然人欲眠。（王众一译）
炎炎烈日来相会，莫奈睡莲池面浮。（王岩译）

小暑

部屋ぬちへ小暑の風の蝶ふたたび （皆吉爽雨）
heya nuchi e/shōsho no kaze no/chō futatabi

小暑酷热天，花蝶随风舞翩翩，又进我房间。（王众一 译）

小暑风中蝴蝶现，重飞进屋舞翩跹。（王岩 译）

山花接海花开：俳人笔下的节气与花

ほのぼのと舟押し出すや蓮の中（夏目漱石）
honobono to/fune oshidasu ya/hasu no naka

泛舟荷丛间，若隐若现何悠闲。放眼尽红莲。（王众一 译）
荷花一片连天映，隐约小舟撑出来。（王岩 译）

小暑

空梅雨のあけて降りそむ小暑かな （尾留川英女）
karatsuyu no/akete furisomu/shōsho kana

入梅不见雨，出梅却逢雨如注，雨中入小暑。（王众一 译）
黄梅雨季名徒有，小暑今朝雨始生。（王岩 译）

山花枝接海花开：
俳人笔下的节气与花

『官女』
日を帯て芙蓉かたぶく恨哉（与谢芜村）
kannyo
hi wo obite/fuyō katabuku/urami kana

小暑

《宫女》

炎炎日当空,微微弯倾怨芙蓉,悠悠恨满胸。（王众一 译）

《宫女》

空带夕阳零落尽,芙蓉倾倒恨悠悠。（王岩译）

山花枝接海花开：俳人笔下的节气与花

世の塵を遁れて蓮の臺かな （井上井月）
yo no chiri wo/nogarete hasu no/utena kana

何处得解脱？莲花台座通极乐，红尘皆过客。（王众一译）

远遁世尘离俗累，莲花台上往生人。（王岩译）

小暑

凡夫たり茉莉花の香を強く嗅ぎ （摂津幸彦）
bonpu tari/matsurika no ka wo/tsuyoku kagi

吾乃一俗人。茉莉花香很提神，凑前细细闻。（王众一 译）
老夫实乃凡人也，茉莉花香用力闻。（王岩 译）

山花枝接海花开：俳人笔下的节气与花

うろたへて母の影ふむ小暑なり （八田木枯）
urotaete/haha no kage fumu/shōsho nari

小暑天正闷，踩到人影慌了神：竟是老母亲。（王众一 译）

时逢小暑心慌乱，踩到萱亲身影惊。（王岩 译）

小暑

朝靄に合歓の鴉や渡舟漕ぐ （西島麦南）
asamoya ni/nemu no karasu ya/toshū kogu

水面笼薄雾，老鸦犹卧合欢树。起桨欲摆渡。（王众一 译）
轻摆渡舟晨霭里，合欢花醒噪乌鸦。（王岩 译）

山花枝接海花开：俳人笔下的节气与花

蓮といふ泥中を出て淡きもの（藤田湘子）
hasu to iu/deichū wo dete/awaki mono

洁哉青青莲，不染点污出泥潭，淡雅惹人怜。（王众一译）

莲花乃自泥中出，君子高名淡泊心。（王岩译）

小暑

亡き人の顔のやう蓮咲いてゐる （増田丰子）
nakihito no/kao no yō hasu/saiteiru

花开一朵莲，仿佛故人现容颜，迭映在眼前。（王众一译）

恰如亡者容颜现，水面莲花一朵红。（王岩译）

大暑

山割いて自から没す大暑の陽 （中村草田男）
yama waite/mizukara bossu/taisho no hi

大暑赤骄阳，破山自沉归扶桑。入暮渐生凉。（王众一 译）

青山坼裂残红没，大暑阳乌自返归。（王岩译）

山花枝接海花开:俳人笔下的节气与花

蝉吟のしぶるは大暑兆しをり （水原秋樱子）
sengin no/shiburu wa taisho/kizashi wori

闻蝉迟滞吟,兆知大暑将来临,日日天转闷。（王众一译）
蝉吟犹涩来先兆,大暑旋将到目前。（王岩译）

大暑

水晶の念珠のつめたき大暑かな （日野草城）
suishō no/nenju no tsumetaki/taisho kana

大暑热难当。水晶珠串置身旁，默捻入心凉。（王众一 译）

水晶念珠清凉意，铄石流金大暑时。（王岩 译）

山花枝接海花开：俳人笔下的节气与花

朝顔に釣瓶とられてもらひ水 (加賀千代女)
asagao ni/tsurube torarete/morai mizu

可怜牵牛花，柔蔓井台桶上爬。取水问邻家。（王众一 译）

喇叭花缠围吊桶，晨来乞水向邻人。（王岩 译）

大暑

筆を箒として蕪村大暑を一掃す （荻原井泉水）
fude wo hōki to shite/buson taisho wo/issōsu

闷热肆虐久，芜村兴来笔作帚，大暑尽扫走。（王众一 译）
毛笔且当笤帚用，芜村一扫大暑消。（王岩 译）

山花枝接海花开：俳人笔下的节气与花

向日葵のゆさりともせぬ重たさよ （北原白秋）
himawari no/yusari tomo senu/omotasa yo

葵花不一般。头顶沉沉大花盘，直立腰不弯。（王众一 译）

向日葵花沉重影，岿然不动立从容。（王岩 译）

大暑

友の来て大暑半日懶け得る （石川桂郎）
tomo no kite/taisho hannichi/namake uru

有朋远方来,得闲半日叙情怀,大暑爽歪歪。（王众一 译）
友朋来访开怀笑,大暑偷闲半日欢。（王岩译）

山花枝接海花开：俳人笔下的节气与花

あかんぼを立つて歩かす向日葵立つ （矶贝碧蹄馆）
akanbo wo/tatte arukasu/himawari tatsu

扶婴葵花前，跟跄学走步蹒跚，头摆如花盘。（王众一 译）

扶起婴孩教走路，葵花向日立姿倾。（王岩译）

大暑

少年の曳く黒牛の大暑かな （比嘉半升）
shōnen no/hiku kuroushi no/taisho kana

大暑烈日炎。悠然走来一少年，黑牛身后牵。（王众一译）
酷日熏蒸逢大暑，少年独曳黑牛行。（王岩译）

山花枝接海花开：俳人笔下的节气与花

睡蓮の花閉づ月光浄土かな （柴田白叶女）
suiren no/hana tozu gekkō/jōdo kana

闭花卧睡莲，水银泻地冰蟾悬，寂寂净土安。（王众一 译）
睡莲水面花容闭，皎皎蟾光净土哉。（王岩 译）

大暑

声も無き人影もなき大暑かな （降旗利和）
koe mo naki/hitokage mo naki/taisho kana

大暑如屉蒸,室外不见行人影,街头静无声。（王众一 译）
声音人影皆无有,大暑熏蒸绝往来。（王岩译）

山花枝接海花开：俳人笔下的节气与花

遅延して乗り換え急くや百日紅 （冢越义幸）

chienshite/norikae seku ya/sarusuberi

出行遇晚点，心急如焚把车换。吐芳紫薇艳。（王众一译）

误点换乘人急促，紫薇一树自悠然。（王岩译）

立秋

松蔭や雲看る石に秋の立つ （尾崎红叶）
matsukage ya/kumo miru ishini/aki no tatsu

松荫翠如烟，白云苍狗变化间，石上立秋天。（王众一 译）
松荫独坐看云起，忽惊立秋石上寒。（王岩 译）

山花枝接海花开：俳人笔下的节气与花

道のべの木槿は馬に食はれけり （松尾芭蕉）
michinobe no/mokuge wa uma ni/kuwarekeri

山中古道边，木槿初放花正鲜，马儿得大餐。（王众一 译）

山径旁边开木槿，忽遭马啖影无踪。（王岩 译）

立秋

立秋の雨はや一過朝鏡 (中村汀女)
risshū no/ame haya ikka/asa kagami

立秋好心情,一阵晨雨洗天澄,妆镜如水明。(王众一 译)
晨起凝妆明镜里,立秋雨过碧空晴。(王岩 译)

山花枝接海花开：俳人笔下的节气与花

街騒を意とせず木槿今朝白し （立川浪江女）
machizai wo/i to sezu mokuge/kesa shiroshi

今晨花期至，木槿绽放白如是，独秀喧闹肆。（王众一 译）
任他闹市喧嚣里，木槿今朝开白花。（王岩 译）

立秋

川半ばまで立秋の山の影 （桂信子）
kawa nakaba/made risshū no/yama no kage

立秋水如镜，尽染层峦化倒影，锦绣半江映。（王众一译）

川水半边铺锦缎，立秋山影映中间。（王岩译）

コスモスの佳人の如きたたずまひ （高澤良一）
kosumosu no/kajin no gotoki/tatazumai

天地一秋樱，恰似佳人秋多情，独立浴秋风。（王众一 译）
秋樱恰似佳人立，倩影婀娜摇曳姿。（王岩 译）

立秋

立秋の鏡の中に風が吹く （桥本寅男）

risshū no/kagami no naka ni/kaze ga fuku

立秋凉意生，独坐人犹在镜中，身边起秋风。（王众一译）

节至立秋明镜里，今朝萧瑟起金风。（王岩译）

山花枝接海花开：俳人笔下的节气与花

戦車ゆく遠き響が朝顔に （文挾夫佐恵）
sensha yuku/tooki hibiki ga/asagao ni

隆隆动地行，坦克远去余轰鸣，牵牛摇不停。（王众一 译）
战车远去轰鸣响，声震牵牛花朵摇。（王岩 译）

立
秋

立秋や雲の上ゆく雲とほく （鈴木真砂女）
risshū ya/kumo no ue yuku/kumo tooku

立秋云天高。云上犹有云缥缈，扶摇过九霄。（王众一译）
立秋今日长空望，云上风花鸢远飞。（王岩译）

山花枝接海花开：俳人笔下的节气与花

鷄鳴て里ゆたかなり稲の花 （正冈子规）
tori narite/sato yutaka nari/ine no hana

雄鸡引颈鸣，乡村满目丰收景，稻花舞金风。（王众一 译）

鸡鸣墟落丰饶景，遍野稻花香正浓。（王岩 译）

处暑

山を見ていちにち処暑の机かな （西山诚）

yama wo mite/ichinichi shosho no/tsukue kana

处暑遐思生，整日呆坐观山景，抚案寄幽情。（王众一 译）

看山终日悠然坐，处暑桌前思绪多。（王岩 译）

山花枝接海花开:俳人笔下的节气与花

月満ちて芙蓉の花のすわりけり （加藤晓台）
tsuki michite/fuyō no hana no/suwarikeri

今宵月正圆,芙蓉花姿惹人怜,婀娜如坐仙。（王众一 译）

碧落一轮明月满,芙蓉花绽坐红尘。（王岩 译）

処暑

処暑の富士雲脱ぎ最高頂見する （岸风三楼）
shosho no fuji/kumonugi saikō/chōmisuru

处暑见真颜，白帽遮容富士山，云过现峰巅。（王众一 译）
云衣脱却看峰顶，处暑今朝富士山。（王岩 译）

山花枝接海花开：俳人笔下的节气与花

山に蘭渓に石得て戻りけり （青木月斗）
yama ni ran/kei ni ishi ete/modorikeri

深谷采幽兰，沿溪得石奇且顽，满载踏歌还。（王众一 译）
山得兰花溪得石，悠然独自踏归途。（王岩 译）

処暑

処暑の日を月下美人の三度咲く（松崎铁之介）
shosho no hi wo/gekka bijin no/mitabi saku

处暑夜来香，昙花三度悄绽放，如玉流异芳。（王众一 译）
今朝处暑金秋日，三度昙花相继开。（王岩 译）

俳人笔下的节气与花：山花枝接海花开

香を踏みて蘭に驚く山路かな （江森月居）
ka wo fumite/ran ni odoroku/yamaji kana

踏香访名山，一路惊叹尽幽兰，崎岖道中闲。（王众一译）

行踏幽香山路上，兰花惊见翠环摇。（王岩译）

処暑

白帆には別な風吹き処暑の海 （胜又木风雨）
shiraho niwa/betsu na kaze fuki/shosho no umi

别样秋风来，吹皱处暑宁静海，鼓荡白帆开。（王众一 译）

白帆别样金风起，处暑沧溟一碧开。（王岩译）

鳳仙花ふるさと遠くなることなし （高桥沐石）
hōsenka/furusato tooku/naru koto nashi

怒放花入眼,思念故园心不远,乡愁系灯盏。（王众一译）

望里故山犹未远,眼前绚丽凤仙花。（王岩译）

处暑

処暑の風つれて遺影の友を訪う （松浦光子）

shosho no kaze/tsurete iei no/tomo wo tou

处暑伴微风，凭吊故友瞻遗影，惆怅涌心中。（王众一 译）

轻携处暑微风至，来访友朋遗像中。（王岩 译）

俳人笔下的节气与花：山花枝接海花开

天心の月どこまでも蕎麦の花（大岛翠木）
tenshin no/tsuki doko made mo/soba no hana

明月挂苍穹，月下无尽是田垄，荞麦秀花容。（王众一译）
天心明月清辉照，无际无边荞麦花。（王岩译）

> 白露

石のみの庭に立ちけり今日白露 （能村登四郎）
ishi nomi no/niwa ni tachikeri/kyō hakuro

小院凭石筑，我立院中如孤树。今天是白露。（王众一译）
石砌庭除人独立，今朝白露觉秋寒。（王岩译）

山花枝接海花开：俳人笔下的节气与花

窓あけて山河近づく白露かな（鷹羽狩行）
mado akete/sanga chikazuku/hakuro kana

纸窗甫拉开，静静山河扑面来。今晚夜露白。（王众一译）

推窗但觉山河近，白露今朝寒意来。（王岩译）

白露

しら露もこぼさぬ萩のうねりかな （松尾芭蕉）

shiratsuyu mo/kobosanu hagi no/uneri kana

浴风秀舞姿。花承白露胡枝子，含珠不曾失。（王众一译）

随风起伏胡枝子，白露晶莹未洒时。（王岩译）

俳人笔下的节气与花：山花枝接海花开

つくづくと仰ぎ白露の空の藍 （大桥敦子）

tsukuzuku to/aogi hakuro no/sora no ai

举头望长天，白露天高阔无边，沁心最是蓝。（王众一 译）

仰看碧落情专注，白露晴空剔透蓝。（王岩译）

白露

鶏頭や倒るる日迄色ふかし （松冈青萝）
keitō ya/taoruru hi made/iro fukashi

鸡冠花真姝。色妍日渐转浓朱，直至花倒伏。（王众一译）
直至连茎倾倒日，鸡冠花好色朱红。（王岩译）

山花枝接海花开:俳人笔下的节气与花

薄明に妻着替へをり白露けふ （堀口星眠)
hakumei ni/tsuma kigae wori/hakuro kyō

白露晨未光,妻子梦醒觉秋凉,悄然换秋装。（王众一译）
今朝白露添寒意,妻子更衣破晓前。（王岩译）

白露

父逝きて三十五年白露又 （稲畑广太郎）
chichi yukite/sanjūgonen/hakuro mata

白露今又至。三十五年前斯日，先考溘然逝。（王众一译）
卅五年前先父故，今朝白露又凄寒。（王岩译）

山花枝接海花开:俳人笔下的节气与花

鶏頭一本立てるは父の老ゆるごとし （榎本冬一郎）
keitō ippon/tateru wa chichi no/oyuru gotoshi

花开红鸡冠,卓而挺拔风中站,如我家老汉。（王众一译）
鸡冠一朵孑然立,恰似家尊老去姿。（王岩译）

白露

鶏頭赤く女の賭のはじまれり （八牧美喜子）
keitō akaku/onna no kake no/hajimareri

花开鸡冠红。下注始于秋风中，女人真从容。（王众一译）

朵朵鸡冠红似火，女人赌注始今朝。（王岩译）

山花枝接海花开：俳人笔下的节气与花

清しさの天地あれな今日白露 (林翔)
suzushisa no/tenchi are na/kyō hakuro

今朝发大愿：天清地澄沧海晏，不枉白露现。(王众一 译)

愿有澄清天地现，今朝白露净无边。(王岩 译)

白露

コスモスや一つ餌に寄る鶏と鳩 (伊藤雪女)
kosumosu ya/hitotsu esa ni yoru/tori to hato

秋樱花正开。一把饵料随手派，鸡鸽凑过来。(王众一 译)

一饵引来鸡与鸽，秋樱缭乱盛开时。(王岩译)

山花枝接海花开:俳人笔下的节气与花

蘆の花漁家が宿の煙飛ぶ （与谢芜村）

ashi no hana/gyoka ga yado no/kemuri tobu

瑟瑟舞芦花,袅袅炊烟如飞霞,苇荡藏渔家。（王众一译）

漫卷芦花飞絮里,渔家茅屋起炊烟。（王岩译）

秋分

嶺聳ちて秋分の闇に入る （饭田龙太）
mine sobadachite/shūbun no/yami ni iru

秋分愁绪浓，绵延山峦千仞峰，尽入暝色中。（王众一 译）

高山峻岭峨然立，隐入秋分昏暗间。（王岩 译）

山花枝接海花开：俳人笔下的节气与花

山は暮れて野はたそがれのすすきかな（与谢芜村）
yama wa kurete/no wa tasogare no/susuki kana

落日没山头。瑟瑟芒草遍地秋，浓浓暮色稠。（王众一 译）
旷野黄昏芒穗动，远山暮色正苍茫。（王岩 译）

秋分

秋分の酒杯の微塵親し恋し （原子公平）
shūbun no/sakazuki no bijin/shitashi koishi

不觉已秋分。酒杯闲置蒙微尘，今见格外亲。（王众一 译）
秋分酒盏微尘染，倍觉亲和怀恋情。（王岩 译）

山花枝接海花开:俳人笔下的节气与花

曼珠沙華竹林へ燃え移りをり （野見山朱鳥）

manjushage/chikurin e moe/utsuri wori

石蒜如炽焰,潜入竹海势蔓延,彼岸花正艳。（王众一 译）

石蒜花开红似火,蔓延烧向竹林寒。（王岩 译）

秋分

刻すでに影をもちたる曼珠沙華 (野見山朱鸟)
toki sudeni/kage wo mochitaru/manjushage

石蒜红烂漫,时节已到秋彼岸,日低花影现。(王众一译)
流光已晚携花影,石蒜猩红野上摇。(王岩译)

山花枝接海花开:俳人笔下的节气与花

病者には秋分もなし臥るばかり （角川源义）
byōsha niwa/shūbun mo nashi/neru bakari

悲夫疾缠身，全然不知已秋分，卧床病躯沉。（王众一译）
患者病床终日卧，无缘时节感秋分。（王岩译）

秋分

虚名みな捨てて軽しや夕芒 （高桥沐石）
kyomei mina/sutete karushi ya/yū susuki

虚名一把扔。秋日芒花映夕红，风中一身轻。（王众一译）
日夕芒花摇曳影，虚名抛却一身轻。（王岩译）

山花枝接海花开：俳人笔下的节气与花

手榴弾つめたし葡萄てのひらに（高岛茂）
teryūdan/tsumetashi budō/te no hira ni

掌中葡萄肥，一串满握似手雷，凉意沁骨髓。（王众一译）
一串葡萄掌上看，冰凉惊现手榴弹。（王岩译）

秋分

小さき鮒釣り得て蘆花に人老いたり （水原秋櫻子）
chiisaki funa/tsuriete ashi ni/hito oitari

垂钓得小鲋，晚风瑟瑟芦花舞，秋水人迟暮。（王众一译）
人老芦花深处隐，钓得小鲋乐逍遥。（王岩译）

山花枝接海花开：俳人笔下的节气与花

わが旅の秋分の日は晴るる筈 （日元淑美）
wagatabi no/shūbun no hi wa/haruru hazu

秋分好心情，计划离家去旅行，应是万里晴。（王众一译）
本人行旅秋分日，当是晴空万里时。（王岩译）

秋分

コスモスの枯れて神父の髭白し （内藤吐天）
kosumosu no/karete shinpu no/hige shiroshi

干枯波斯菊。无独有偶寓秋意，神父白胡须。（王众一译）
秋樱枯槁凋残影，神父髯须尽白丝。（王岩译）

寒露

恋文を速達で出す寒露かな （谷口智行）

koibumi wo/sokutatsu de dasu/kanro kana

悲秋上心头。寒露快递信寄走，求爱诉离愁。（王众一 译）

心急情书邮快递，今朝寒露暮秋凉。（王岩 译）

山花枝接海花开:
俳人笔下的节气与花

木犀の香にあけたての障子かな （高浜虚子）
mokusei no/ka ni aketate no/shōji kana

桂花正诱人。一开一关纸拉门,馨香入心魂。（王众一译）
糊纸拉窗开闭处,桂花袅袅袭人来。（王岩译）

寒露

竹林の空に鳶舞ふ寒露の日 (有泉七种)
chikurin no/sora ni tobi mau/kanro no hi

寒露天色蓝。竹海上空一飞鸢,展翅正盘旋。(王众一 译)

竹林一片连云汉,鸢舞翩跹寒露天。(王岩 译)

山花枝接海花开：俳人笔下的节气与花

故郷や菊芳ばしく父母在す（寺田寅彦）
furusato ya/kiku kōbashiku/fubo imasu

游子思故乡。金菊阵阵送秋香，双亲福寿长。（王众一译）

故乡金菊芬芳里，并茂椿萱福寿长。（王岩译）

寒露

口あけて鴉息吸ふ寒露かな （井泽正江）
kuchi akete/karasu iki suu/kanro kana

乌鸦把嘴张，大口吸气喘息忙。寒露天转凉。（王众一 译）
乌鸦张嘴频吸气，寒露今朝凛冽风。（王岩 译）

山花枝接海花开:俳人笔下的节气与花

菊の秋母が寿宴に帰郷かな （大桥樱坡子）
kiku no aki/haha ga juen ni/kikyō kana

秋菊正飘香。老母寿宴唤儿郎，启程返故乡。（王众一译）

金菊盛开秋令好，慈亲寿宴喜归乡。（王岩译）

寒露

木犀に人を思ひて徘徊す （尾崎放哉）
mokusei ni/hito wo omoite/haikaisu

又闻桂花香，触景常将故人想，树下独徜徉。（王众一 译）
桂花独对徘徊久，睹物思人寂寞时。（王岩译）

山花枝接海花开:俳人笔下的节气与花

山襞に雲の湧きつぐ寒露かな （内藤芳生）

yamahida ni/kumo no wakitsugu/kanro kana

秋山多褶襞，其间相继云涌起，寒露送寒意。（王众一译）

白云暧暧生山襞，节气今朝寒露哉。（王岩译）

寒露

もう風を怖れず芭蕉破れにけり （馆冈沙致）
mō kaze wo/kowarezu bashō/yarenikeri

瑟瑟秋风烈，芭蕉叶破风中曳，向风竟不屑。（王众一译）
无须再惧秋风急，庭上芭蕉叶破矣。（王岩译）

山花枝接海花开:俳人笔下的节气与花

長安の町はづれなり破芭蕉 (藤野古白)

chōan no/machihazure nari/yarebashō

秋风下长安,扫荡落寞古城边,芭蕉叶破焉。(王众一译)

长安城外空寥落,风过芭蕉破叶鸣。(王岩译)

霜降

霜降りぬ庭いつせいにきらめかせ （冈田万寿美）

shimo furinu/niwa isseini/kiramekase

秋霜降自天。晨起疑见夜珠闪，如晶霜满园。（王众一 译）

今朝霜降庭除上，遍地晶莹闪耀时。（王岩 译）

俳人笔下的节气与花：花枝接海花开

菊の香や奈良には古き仏たち （松尾芭蕉）
kiku no ka ya/nara niwa furuki/hotoketachi

淡淡秋菊香。处处古佛入秋凉，秋色数奈良。（王众一译）

金菊飘香时节里，尊尊古佛奈良城。（王岩译）

霜降

霜降を過ぎし湖面の藻の緑 （伊藤白潮）
sōkō wo/sugishi komen no/mo no midori

寒意沁湖面。霜降过后放眼看，水藻绿一片。（王众一译）
霜降已过湖面上，一层浮藻碧油油。（王岩译）

山花枝接海花开:俳人笔下的节气与花

黄に染みし梢を山のたたずまゐ （与谢芜村）
ki ni shimishi/kozue wo yama no/tatazumai

金秋惹人醉。林梢尽染秋叶美,秋山真妩媚。（王众一译）

树梢遍染金黄色,山岭尽成秋日妆。（王岩译）

霜降

コスモスの咲き乱るるよ旅人に（村山古乡）
kosumosu no/sakimidaruru yo/tabibito ni

天高旅路幽，大波斯菊绽深秋，平添游子愁。（王众一译）

秋樱无数金风起，缭乱花姿对旅人。（王岩译）

山花枝接海花开：俳人笔下的节气与花

霜降や里人集ふ憩いの湯 (内田吉彦)
sōkō ya/satobito tudou/ikoi no yu

今日是霜降。泡泡温泉图驱凉，乡邻聚一堂。(王众一译)
霜降今朝寒气急，里间齐聚泡温泉。(王岩译)

霜降

茶の花や付箋の残る紅楼夢 （日原传）
cha no hana ya/fusen no nokoru/kōrōmu

深秋茶花妍。一部红楼置案端，犹夹旧贴签。（王众一 译）
《红楼梦》里飞笺在，瓶插茶花一朵开。（王岩 译）

山花枝接海花开:俳人笔下的节气与花

霜降や雄牛に似たる千年家 (深泽鳖)
sōkō ya/oushi ni nitaru/sennenya

寒气伴霜降。千年老宅沧桑房,浑如牡牛莽。(王众一译)
霜降今朝寒气袭,千年古宅似雄牛。(王岩译)

霜降

女の唇十も集めてカンナの花（山口青邨）
onna no kuchi/too mo atsumete/kanna no hana

朱唇取十娇，浓艳集成蕴花苞，开做美人蕉。（王众一译）
女子朱唇集十个，开成一朵美人蕉。（王岩译）

山花枝接海花开:
俳人笔下的节气与花

恙なき余生重ねて残り菊 （三津木竹子）

tsutsuga naki/yosei kasanete/nokori kiku

秋风复秋霜，浩劫余生竟无恙，残菊犹吐芳。（王众一 译）

无恙余生重复里，庭前残菊溢清香。（王岩译）

立冬

立冬のことに草木のかがやける （泽木欣一）

rittō no/kotoni kusaki no/kagayakeru

立冬气温低，野草乔木寒中立，熠熠生异辉。（王众一 译）

立冬时节寒风冽，草木盎然辉耀中。（王岩 译）

山花枝接海花开:俳人笔下的节气与花

山茶花を雀のこぼす日和かな （正冈子规）
sazanka wo/suzume no kobosu/hiyori kana

初冬暖秋色。山茶不堪雀儿啄,点点残英落。（王众一译）

山茶花落因麻雀,冬日晴和空碧开。（王岩译）

立冬

立冬や秋いつの間に終わりたる （桂信子）
rittō ya/aki itsu no ma ni/owaritaru

不觉立冬至。风起残叶离枯枝,秋日成往事。（王众一译）
不觉何时秋日尽,萧条风景立冬来。（王岩译）

山花枝接海花开：俳人笔下的节气与花

風ひびき立冬の不二痩せて立つ （水原秋櫻子）
kaze hibiki/rittō no fuji/yasete tatsu

时节乃立冬，清峻傲立听朔风，不二富士峰。（王众一 译）
立冬富士姿清减，高耸朔风呼啸中。（王岩 译）

立冬

山茶花に犬の子眠る日和かな　（正冈子规）
sazanka ni/inu no ko nemuru/hiyori kana

山茶花正香，小狗花下入梦乡，甜甜浴斜阳。（王众一译）
狗崽山茶花下睡，冬阳暖意好天晴。（王岩译）

山花枝接海花开:俳人笔下的节气与花

立冬もて満齢七十鮮しき（三桥敏雄）
rittō mote/manrei nanaso/atarashiki

生日立冬前。七十周岁刚刚满，已是古稀年。（王众一 译）

立冬时值七旬满，黄发轩昂意气新。（王岩 译）

立冬

夜は水に星の影置き冬の菊 (加藤耕子)
yo wa mizu ni/hoshi no kage oki/fuyu no kiku

夜色罩水潭，冰凉如镜映星汉，冬菊花正繁。（王众一 译）
夜来水面繁星影，池畔盛开冬菊花。（王岩译）

山花枝接海花开：俳人笔下的节气与花

立冬の万里の長城眼に入れし （中野蜂光子）
rittō no/banri no chōjō/me ni ireshi

今日迎立冬。万里长城浴朔风，兀然入眼中。（王众一 译）
立冬万里长城在，雄壮英姿入眼来。（王岩 译）

立冬

茶の花に耕す人や雲低し （島田青峰）
cha no hana ni/tagayasu hito ya/kumo hikushi

茶花正吐艳。农夫持锄莳花园，云幔正低悬。（王众一译）

人耕一片茶花里，空碧浮云朵朵低。（王岩译）

俳人笔下的节气与花：山花枝接海花开

立冬の女生きいき両手に荷（冈本眸）
rittō no/onna ikiiki/ryōte ni ni

立冬赶路忙，女子风中气昂昂，双手提包囊。（王众一 译）
立冬巾帼真神气，双手轻提包裹行。（王岩 译）

立冬

茶の花や母の晩年まだ永し （山田畅子）
cha no hana ya/haha no bannen/mada nagashi

茶花冬色浓。老母耄耋夕阳红,长寿且从容。（王众一译）
茶花一树香浓郁,慈母晚年犹久长。（王岩译）

小雪

小雪の朱を極めたる実南天 (富安风生)

shōsetsu no/shu wo kiwametaru/minanten

小雪果自熟。粒粒饱满枝头驻,红透南天竹。(王众一 译)

南天竹结颗颗果,衬托丹朱小雪中。(王岩译)

山花枝接海花开:俳人笔下的节气与花

色付くや豆腐に落ちて薄紅葉 （松尾芭蕉）
irozuku ya/tōfu ni ochite/usu momiji

豆腐似雪白。飘然一片红叶落，丹色入素帛。（王众一译）
豆腐上边枫叶落，淡红颜色染开来。（王岩译）

小雪

寒林に月光の皎吹きこぼす （加藤耕子）
kanrin ni/gekkō no kō/fukikobosu

琼宫夜风寒,吹落水银泻九天,洒落枯林间。（王众一 译）
月光皎洁风吹散,漠漠寒林萧瑟间。（王岩 译）

山花枝接海花开：俳人笔下的节气与花

酒旗青くして寒梅を映しだす （日原传）
shuki aoku/shite kanbai wo/utsushidasu

风中酒旗蓝，更映冬梅入眼帘，平添几分寒。（王众一 译）

酒旗招展青蓝色，映出寒梅花影明。（王岩 译）

小雪

小雪の海琅玕と昏れにけり （藤島咲子）

shōsetsu no/umi rōkan to/kurenikeri

小雪仁海岸，汪洋幽冥如琅玕，黄昏天色暗。（王众一译）

小雪天昏瀛海上，琅玕暮色已苍茫。（王岩译）

山花枝接海花开：俳人笔下的节气与花

買島痩せ孟郊寒し雪の梅 （正冈子规）
katō yase/mōkō samushi/yuki no ume

朔风雪漫天。非但岛瘦更郊寒，雪中有梅焉。（王众一 译）
瑶华雪里梅花艳，贾岛瘦矣孟郊寒。（王岩 译）

小
雪

小雪や渓流を釣る簑笠翁 (冢越义幸)
shōsetsu ya/kēryū wo tsuru/saryūō

山中小雪寒，蓑笠孤翁坐溪端，独钓品枯闲。（王众一译）
今朝小雪山阿静，垂钓溪流蓑笠翁。（王岩译）

山花枝接海花开：俳人笔下的节气与花

晚年もよし山茶花に日当たつて （桥本草郎）
bannen mo/yoshi sazanka ni/hi atatte

暮年亦从容，宛若山茶夕阳中，花色别样红。（王众一 译）
暮景桑榆犹自好，山茶花映夕阳红。（王岩 译）

小雪

晩年のかなしき人や石蕗の花（成瀬正俊）
bannen no/kanashiki hito ya/tsuwa no hana

晚年心悲凉，孑然一人独彷徨，橐吾花正黄。（王众一译）
晚景悲凉人寂寞，橐吾绽放遍金黄。（王岩译）

山花枝接海花开：俳人笔下的节气与花

大声の男来てゐる花八ツ手（佐藤和夫）
ōgoe no/otoko kiteiru/hana yatsude

壮汉走上前。八角金盘花方绽，来者声震天。（王众一 译）

高声汉子前来处，八角金盘花盛开。（王岩 译）

大雪

初雪や水仙の葉のたはむまで （松尾芭蕉）
hatsuyuki ya/suisen no ha no/tawamu made

头场雪纷纷，可怜水仙纤弱身，承雪欲断筋。（王众一 译）
初雪水仙花叶上，沉沉银粟翠条弯。（王岩 译）

山花枝接海花开：俳人笔下的节气与花

寒牡丹白の一穢も許さざる （松本澄江）
kanbotan/shiro no ichie mo/yurusazaru

洁哉冬牡丹，玉肌不容一尘染，素白花正妍。（王众一译）
冬日牡丹纯白色，不容染得一尘埃。（王岩译）

大雪

大雪といふ日息子は嫁欲しと （只野柯舟）
taisetsu to/iu hi musuko wa/yome hoshi to

大雪雪封路，这天我儿劝不住，非要娶媳妇。（王众一 译）
大雪这天寒气袭，豚儿吵闹要婆姨。（王岩 译）

山花枝接海花开：俳人笔下的节气与花

落椿美し平家物語 (高浜虚子)

ochi tsubaki/utsukushi heike/monogatari

可怜山茶花，凄美零落如平家，楼起复楼塌。（王众一译）
凋谢山茶花绚烂，《平家物语》说凄凉。（王岩译）

大雪

大雪に犬の跡追う斜陽かな （冢越义幸）
taisetsu ni/inu no ato ou/shayō kana

蓦然大雪住,犬踪独印茫茫路,一缕斜阳逐。（王众一译）
一道斜阳追犬迹,节逢大雪映残红。（王岩译）

山花枝接海花开:俳人笔下的节气与花

詩に瘦せて人水仙に似たる哉 (佐藤春夫)
shi ni yasete/hito suisen ni/nitaru kana

憔悴为诗篇,镜中顾盼人自怜,纤然若水仙。(王众一 译)

为诗消得人憔悴,形肖水仙清影柔。(王岩 译)

大雪

大雪の今朝山中に煙たつ （宇多喜代子）
taisetsu no/kesa sanchū ni/kemuri tatsu

大雪自今早，黛色山中迎破晓，青烟起袅袅。（王众一译）
大雪今朝开曙色，山中袅袅起青烟。（王岩译）

俳人笔下的节气与花:山花枝接海花开

クリスマスローズかかへて友を访ふ （坂本知子）

kurisumasu/rōzu kakaete/tomo wo tou

圣诞兴致高，我将一束蔷薇抱，访友把门敲。（王众一 译）

圣诞蔷薇怀里抱，我来访友叩门开。（王岩 译）

大雪

蝋梅や書屋即ち父の城 （大桥敦子）

rōbai ya/shooku sunawachi/chichi no shiro

腊梅严冬俏。家父书屋即城堡，书香环梁绕。（王众一 译）

腊梅一树凌寒放，书屋即翁城堡坚。（王岩 译）

冬至

冬至潮沖に満月生み出す （加藤耕子）

tōji shio/oki ni mangetsu/umidasu

冬至涌大潮，海上冉冉初升了，一轮圆月皎。（王众一 译）

冬至大潮沧海涌，一轮圆月蓦然生。（王岩 译）

山花枝接海花开:俳人笔下的节气与花

蜡梅や雪うち透かす枝のたけ（芥川龙之介）
rōbai ya/yuki uchi sukasu/eda no take

透雪溢幽香，腊梅绽放披银装，花枝何修长。（王众一译）
一树腊梅香四溢，玲珑白雪透花枝。（王岩译）

冬至

冬至の富士もろともに燃え落つる （石田波乡）
tōji no/fuji morotomo ni/moeotsuru

冬至残阳彤。赤乌西降似火红，富士尽熔融。（王众一 译）

冬至芙蓉峰上影，连同落日火轮沉。（王岩 译）

山花枝接海花开:俳人笔下的节气与花

井戸の辺に柚子垂れ父の郷富めり （大野林火）
ido no he ni/yuzu tare chichi no/kyō tomeri

井畔果树高,父老故乡真丰饶,柚子垂树梢。（王众一 译）

井边柚子垂枝上,阿爹家山富贵乡。（王岩 译）

冬至

水仙や端渓の硯紫檀の卓 （内藤鸣雪）
suisen ya/tankei no suzuri/shitan no taku

书案必紫檀，墨香淡淡出端砚，幽香出水仙。（王众一译）
紫檀书桌端溪砚，满室花香开水仙。（王岩译）

俳人笔下的节气与花：山花枝接海花开

行路難しや養生の冬至粥 (佐藤鬼房)
kōro katashi ya/yōjō no/tōji kayu

冬至行路难。喝了养生粥一碗，出门抵风寒。（王众一译）

养生冬至粥喝罢，感喟一声行路难。（王岩译）

冬至

歩み来て蠟梅はたと眉の上（岸本尚毅）
ayumi kite/rōbai hata to/mayu no ue

枝下望梅梢，风吹蜡梅黄英飘，悄然落眉梢。（王众一译）
行来突觉幽香袭，惊见蜡梅眉上悬。（王岩译）

山花枝接海花开：俳人笔下的节气与花

ももいろの体湯の中冬至前 (金田咲子)
momoiro no/karada yu no naka/tōji mae

时值冬至前，体肤桃红泡温泉，身心俱陶然。（王众一译）

桃红肌体温泉里，节令已临冬至前。（王岩译）

冬至

寒梅に夕日の真紅浸み透る （笹尾操子）
kanbai ni/yūhi no shinku/shimitooru

夕阳似血燃，润照寒梅点点丹，彤彤冬日天。（王众一 译）
夕阳一抹深红色，渗透寒梅花影明。（王岩 译）

山花枝接海花开:俳人笔下的节气与花

大漁旗冬至の浜をかざりけり （阿波野青畝）
taigyo hata/tōji no hama wo/kazarikeri

冬至迎汛期，海滨一望无边际，风展大渔旗。（王众一 译）
冬至海滨装饰满，迎风招展大渔旗。（王岩 译）

冬至

寒梅に比す産声は男かな （加舎白雄）
kanbai ni/hisu ubugoe wa/otoko kana

初啼声如钢,欲与寒梅比铿锵,添丁小霸王。（王众一译）
力比寒梅啼哭响,呱呱坠地定男婴。（王岩译）

小寒

小寒の楠匂はせて彫師なる （坪野文子）
shōkan no/kusu niowasete/horishi naru

小寒雕工忙，是日出徒自成匠，刻镂楠飘香。（王众一译）
出徒雕刻师成日，时值小寒楠木香。（王岩译）

俳人笔下的节气与花：山花枝接海花开

暖炉たく部屋暖かに福寿草 (正冈子规)
danro taku/heya atatakani/fukujusō

小屋暖洋洋。壁炉熊熊火正旺，侧金盏吐芳。（王众一译）

燃起壁炉房屋暖，侧金盏花盛开中。（王岩译）

小寒

小寒やふるさとよりの餅一荷 （伊藤月草）
shōkan ya/furusato yori no/mochi ikka

小寒风似刀。收到老家一邮包，乡愁伴年糕。（王众一译）

小寒时节邮包到，寄自家山黏米糕。（王岩译）

山花枝接海花开：俳人笔下的节气与花

蠟梅や捧心の阿嬌欄に倚る （日下耿之介）
rōbai ya/hōshin no akyō/ran ni yoru

怒放腊梅妍。阿娇痴情独凭栏，一心待郎旋。（王众一 译）

腊梅一树清香溢，捧心阿娇倚栏杆。（王岩 译）

小寒

王羲之模す小寒の卓拭き清め （大石悦子）
ōgishi mosu/shōkan no taku/fukikiyome

擦干净桌子，小寒居家好习字，摹写王羲之。（王众一译）

小寒书桌擦干净，提笔临摹王羲之。（王岩译）

山花枝接海花开：俳人笔下的节气与花

モナリザはいつもの如し菊枯るる（山口青邨）
monariza wa/itsumo no gotoshi/kiku karuru

室犹余菊香。蒙娜丽莎笑如常，菊花已枯黄。（王众一译）
蒙娜丽莎依旧美，菊花瓶里已干枯。（王岩译）

小
寒

小寒の雨降る闇に別れけり （高澤良一）
shōkan no/ame furu yami ni/wakarekeri

小寒冻雨淋，雨夜告别心上人，茫茫夜深沉。（王众一 译）
挥手自兹离别去，小寒冷雨夜昏沉。（王岩 译）

山花枝接海花开：俳人笔下的节气与花

香炊くは人待つに似て寒牡丹 (西川织子)
kaori taku wa/hito matsu ni nite/kanbotan

袅袅香火燃，似是苦等伊人现，凛凛寒牡丹。(王众一 译)
焚香似待人来访，庭上雍容寒牡丹。(王岩译)

小寒

長城の起伏冬将軍を待つ （鷹羽狩行）
chōjō no/kifuku fuyu/shōgun wo matsu

逶迤万重山，等待冬将军叩关，长城岭上盘。（王众一译）
长城起伏连绵去，静待严冬来袭时。（王岩译）

俳人笔下的节气与花：山花枝接海花开

山の端の崖上の家蝋梅咲く （松崎铁之介）
yama no ha no/gaijō no ie/rōbai saku

山峦连峭崖，遥望崖上有人家，腊梅正开花。（王众一 译）

山端崖上人家有，馥郁腊梅花盛开。（王岩 译）

大寒

大寒の鳶水平に岬の日 (田中冬子)

daikan no/tobi suihei ni/misaki no hi

大寒起晨风,鸢飞海角翼水平,天边旭日红。(王众一译)

大寒鸢舞水平面,海角一轮红日悬。(王岩译)

山花枝接海花开：俳人笔下的节气与花

落ざまに水こぼしけりけり花椿 (松尾芭蕉)
ochizama ni/mizu koboshikeri/hana tsubaki

山茶寒犹色。最怜水积花朵中，倾溢花欲落。（王众一译）
泼出葩中清水滴，山茶花朵欲凋零。（王岩译）

大寒

寒菊や呉山の下の百姓家 （野村泊月）
kangiku ya/gosan no shita no/hyakushōya

几户百姓家，散落苍苍吴山下，冬菊正开花。（王众一译）
最是耐寒冬菊秀，吴山脚下老农家。（王岩译）

山花枝接海花开:
俳人笔下的节气与花

大寒の枯蔓を火の渡りをり （野见山朱鸟）
daikan no/karetsuru wo hi no/watari wori

风劲入大寒,枯蔓遍野星火燃,片刻竟燎原。（王众一 译）
今日大寒枯蔓上,火苗跳跃似腾龙。（王岩译）

大寒

手を下げて人間歩く冬景色（高岛茂）
te wo sagete/ningen ariku/fuyugeshiki

冬景何冷清。行人垂手赶路程，天地风雪声。（王众一 译）

行人垂手蹒跚步，满目苍凉冬景寒。（王岩 译）

山花枝接海花开：俳人笔下的节气与花

子も葱も容れて膨るる雪マント （高岛茂）
ko mo negi mo/irete fukururu/yuki manto

身披大斗篷，罩着孩子护着葱，踏雪逆风行。（王众一 译）
膨胀斗篷风雪急，大葱孩子里边装。（王岩 译）

大寒

大寒や半天の碧玲瓏と （日野草城）
daikan ya/hanten no heki/reirō to

时序至大寒，玲珑碧透半边天，冬日无限蓝。（王众一译）
半天碧色玲珑现，时节今朝到大寒。（王岩译）

山花接海花开：俳人笔下的节气与花

枯蓮や地獄の如く泥の中 (市川和孝)
karehasu ya/jigoku no gotoku/doro no naka

可怜枯败莲，宛在地狱受熬煎，身陷烂泥潭。（王众一 译）
恰如地狱污泥里，残败枯莲落寞姿。（王岩译）

大寒

ふるさとの大寒の水甘かりき （鈴木真砂女）
furusato no/daikan no mizu/amakariki

好水数故园。汲来畅饮在大寒，入口格外甜。（王众一译）
桑梓大寒清冽水，无穷回味最甘甜。（王岩译）

山花接海花开：俳人笔下的节气与花

枯菊に風過ぎて香の立ちにけり （岸田稚鱼）
karegiku ni/kaze sugite ka no/tachinikeri

秋菊已枯干，一阵朔风过眼前，残香惹人怜。（王众一 译）

枯菊寒风吹拂过，幽香淡淡袭人来。（王岩 译）

大寒

大寒の街に無数の拳ゆく （西东三鬼）
daikan no/machi ni musū no/kobushi yuku

岁时值大寒，街头行进心火燃，人海挥铁拳。（王众一 译）

大寒街市呼声起，无数拳头行进中。（王岩 译）

山花枝接海花开:俳人笔下的节气与花

父とありし日の短さよ花柊（野泽节子）
chichi to arishi/hi no mijikasa yo/hana hiiragi

追忆老父亲，相处日短思念深，刺叶桂花馨。（王众一译）
椿庭往昔光阴短，刺叶桂花今又香。（王岩译）